TONG

Deaf Tong 1

Naissance d'une vocation

© 2018, Farayet, Mark
Edition : Books on Demand,
12/14 rond-Point des Champs-Elysées, 75008 Paris
Impression : BoD - Books on Demand, Norderstedt, Allemagne
ISBN : 9782322164271
Dépôt légal : octobre 2018

Le soleil pointe à l'horizon. Il est pourtant encore très tôt en ce matin de juillet, et la journée s'annonce chaude. Mais la chaleur, Tong n'en a que faire ! Habitué de ces moiteurs, mélange de chaleur et d'humidité, le climat londonien n'est pas pour l'effrayer. Tong était arrivé sur le sol britannique la semaine précédente. De père écossais et de mère sud coréenne, il avait à cœur depuis toujours de fouler la terre de ses ancêtres. A bientôt 25 ans, c'était enfin chose faite ! Du moins, pour le sol britannique. Pour le sol écossais, il allait lui falloir attendre encore un peu …

Tong était un de ces jeunes étudiants en mal d'études qui étudiait d'abord pour étudier. Avec sa dégaine longiligne et son air typé asiatique, c'était pourtant par une différence invisible à l'œil nu qu'il se distinguait. Tong Mc Cullogh était sourd … comme sa maman. Et s'il refusait cette étiquette d'handicapé que tout un chacun voulait lui coller sur la peau, il forçait cependant l'admiration de tous par sa volonté de réussir et de s'intégrer aussi bien parmi les entendants qu'au cœur de ses amis sourds.

Tong avait décidé de rejoindre Londres après la mort de son amie, un drame qui avait changé sa vision de la vie et modifié ses projets à long terme. Après avoir perdu ses parents dans un accident de hors bord, ce décès avait été pour lui une punition qu'il ne comprenait pas.

Tong regarde sa montre : 07:15. Un café s'impose. Il franchit la porte du Beaufort Bar, 91-92 Strand, The Savoy et commande un café gourmand. Bien qu'il ne parlait pas, Tong avait appris à se faire comprendre du monde entendant au fil des années. Cet endroit, toujours hors du temps et particulièrement huppé ainsi que sa copieuse collation lui permettront d'attendre 08:00, l'heure d'ouverture du Daily Mirror, journal avec lequel Tong collaborait parfois. Et ce matin, Tong était tout particulièrement impatient de retrouver son contact, Ann-Lou Merkins, collaboratrice directe de Tina Weaver, directrice du Sunday Mirror, l'édition du dimanche du Daily Mirror, afin de lui proposer ce qu'il considérait comme le scoop mondial de ce début de siècle !

Tong était un mélange de Tintin et Spirou, un petit rien de Sherlock Holmes et un zeste de Gaston Lagaffe. Et c'est sans aucun doute ce qui faisait tout son charme.

Les minutes lui semblaient des heures. Le café ne lui apportait pas le plaisir habituel. Quant aux mignardises, il ne les toucha même pas ! Tong avait horreur de l'inaction, et, si ça n'avait tenu qu'à lui, c'est à 03:00 du matin qu'il aurait débarqué dans les appartements privés de Richard Wallace, rédacteur en chef dudit journal !

8

Il est exactement 08:03 lorsque Tong pousse la lourde porte du One Canada Square, Canary Wharf, siège du Daily Mirror. Après avoir satisfait aux habituels contrôles de la très sévère sécurité du bâtiment, il se dirige vers l'accueil afin de récupérer son badge et d'être annoncé auprès de Miss Merkins.

L'ascenseur qui le conduit vers le 17ème étage ne lui a jamais paru aussi lent ! Bien qu'elle connaisse déjà Tong, la secrétaire qui l'accueille, comme à l'accoutumée, est sèche et distante. Elle désigne le fauteuil qui jouxte son bureau, comme une manière de faire comprendre qu'il va encore falloir patienter.

C'est à 08:44 précises qu'Ann-Lou Merkins apparaît enfin au bout du long couloir qui mène à son bureau et adresse un signe amical à Tong, en fait un « bonjour » en langue des signes, très chaleureux. Tong appréciait Ann-Lou parce qu'elle avait fait l'effort, dés le début de leur relation professionnelle, d'apprendre la langue des signes. Il se souvient de leur première rencontre, il y a bientôt cinq ans, à Hong Kong. Elle avait été particulièrement touchée par la sensibilité du jeune homme et sa façon très accessible de communiquer avec les entendants, et ça lui été apparut comme une évidence qu'elle devait, elle aussi, se rendre accessible dans sa communication avec le jeune homme sourd.

Elle avait appris les bases de la langue des signes en moins de deux ans, mais ce sont ses échanges visios avec Tong qui l'avaient confirmée dans la pratique de cet art.

L'avantage de cette langue visuelle qu'est la langue des signes est que la conversation s'engagea immédiatement, sans attendre qu'Ann-Lou ait rejoint Tong. Après les banalités d'usage sur l'arrivée de Tong en Grande-Bretagne, son voyage et son installation dans l'appartement paternel King Charles street, à deux pas de Big Ben, Ann-Lou s'inquiéta du motif de la visite du jeune homme.

Tong, poli mais bouillant comme la braise, n'attendait que cet instant et se lança dans un récit exaltant et vif, si bien que son interlocutrice dut le reprendre plusieurs fois pour le calmer afin de parfaitement le comprendre.

12

Tong sourit légèrement et se rappela que la langue des signes n'était pas naturelle pour un entendant et lui demandait des efforts de concentration qu'il n'avait pas l'habitude de faire. Il se calma donc et reprit ses explications de façon plus posée.

Ann-Lou le remercia d'un hochement de tête et comprit cette fois l'intégralité du message délivré par le jeune homme.

Et sa surprise fut de taille ! Tong venait de lui révéler un événement qui, s'il se révélait exact, pourrait bouleverser le royaume tout entier et même, qui sait, pousser la reine à abdiquer ! La stupeur et l'excitation passées, il fallait maintenant prendre des décisions. Que faire de ces révélations ? Les publier en l'état ? Convaincre Tong de ne jamais rien dire à personne et enterrer l'affaire ? Miss Merkins n'avait que quelques minutes pour prendre sa décision. Elle savait que Richard (le rédacteur en chef du journal) lui demanderait des preuves indiscutables avant de « lâcher une telle bombe » au public ! La ligne éditoriale du Daily Mirror était suffisamment claire à ce sujet, on ne publiait rien sans s'être assuré auparavant de sa véracité et en ayant recoupé au moins deux fois les preuves. Les événements de 2004 étaient là pour le lui rappeler, le cas échéant. En mai 2004, la publication de fausses photographies, censées montrer des soldats britanniques exerçant des sévices contre des prisonniers irakiens entraîna la démission de l'ancien rédacteur en chef, Piers Morgan, le 14 mai. Depuis, le journal avait resserré les liens et veillait grandement à ne plus ternir davantage sa réputation.

Ann-Lou Merkins prit la seule décision qui lui semblait valable à ce moment-là. Elle publiera l'article de Tong s'il lui amène les preuves irréfutables de ce qu'il avance. En attendant, il vaut mieux pour tout le monde que personne ne sache ce que son collaborateur lui a appris. Autre avantage de la langue des signes, ils pouvaient être sûrs de ne pas avoir été entendus par les membres du personnel du journal.

Tong Mc Cullogh atterrit à l'aéroport Charles de Gaulle à 10:50. Son court voyage sans escale d'1:15 ne lui a pas laissé le temps de s'endormir. Le temps est aussi chaud qu'à Londres, mais Tong sait qu'il n'aura pas le temps de profiter de la vie parisienne. Sa destination finale est toute autre. Et son arrêt parisien n'est du qu'au fait de récupérer un document déposé à son attention à l'International Visual Theater (IVT) d'Emmanuelle Laborit, 7 Cité Chaptal.

La courte halte parisienne ne dura donc que quelques heures et c'est à 22:30 que Tong découvre l'aéroport donnant sur la mer de la célèbre métropole de la Côte d'Azur. La mince collation servit à bord de l'appareil d'Air France ne lui avait pas suffit – il y a bien longtemps que les repas gastronomiques et les coupes de champagne n'existaient plus à bord – Tong décida donc d'aller flâner place Masséna où il était certain de trouver un restaurant encore ouvert à cette heure. C'est vers la Casa Nissa que son choix se porta. Il franchit la porte d'un pas décidé, sachant que, comme toujours en France, il faudrait qu'il se batte pour se faire comprendre, les Français étant un peuple réfractaire à toute langue étrangère, y compris à leur propre langue signée.

Le repas prit, Tong regagna l'hôtel qu'il avait au préalable réservé, promenade des

Anglais – ça lui avait paru incontournable – et cette petite marche digestive lui fit le plus grand bien. Il en profita pour mettre ses idées au clair et choisir son « plan de bataille » pour les jours à venir. C'est lorsqu'il vit les lumières de l'hôtel Méridien que Tong sut réellement comment il allait s'y prendre. Sa démarche n'était pas simple et il n'avait pas le droit à l'erreur. De plus, il savait qu'il ne devait rien laisser fuiter, les conséquences pouvant être désastreuses, voire dramatiques !

Il passa le restant de la soirée à étudier le dossier récupéré sur Paris. Il n'avait pas encore eu le temps d'y jeter le moindre coup d'œil. Un de ses amis – à sa demande – lui avait fait un point complet sur la Langue des Signes Française (LSF) et les communautés sourdes en France. Tong avait besoin d'avoir des repères et des contacts pour mener à bien son enquête. De plus, il avait besoin de se familiariser avec la LSF qu'il n'avait plus pratiquée depuis son dernier voyage à Nouméa. Il faut savoir que la BSL (British Sign Language) et la LSF sont très différentes, ne serait ce que par leur alphabet qui se signe des deux mains en Angleterre et d'une seule en France. S'adapter n'était pas un problème pour Tong. C'était son quotidien finalement, et devoir s'adapter à une autre langue signée était avant tout un plaisir pour lui.

20

Tong avait décidé de profiter un peu de son hôtel et de cette matinée. Il est vrai que son double voyage en avion Londres Paris, puis Paris Nice l'avait quelque peu éprouvé et cette grasse matinée le requinqua définitivement.

C'est un peu avant midi qu'il franchit le dernier tunnel menant à la Principauté de Monaco. Il s'arrêta sur le port, avenue Princesse Grâce, pour se restaurer rapidement et entama ses démarches sans perdre de temps.

C'est par le musée Naval, Terrasses de Fontvieille, niveau 2, Avenue Albert II, qu'il avait décidé de commencer. Les preuves tant attendues ne seraient pas là, bien sûr, mais des informations capitales pourraient lui confirmer – ou pas – certaines orientations de son affirmation. Le Musée Naval de Monaco est né de la passion d'un homme, le Professeur Claude Pallanca, qui, depuis son plus jeune âge, rêvait de naviguer et confectionnait minutieusement des maquettes de navires. Durant son service militaire, il fut affecté à bord de la Jeanne d'Arc comme chirurgien-dentiste, se lia d'amitié avec de nombreux marins et officiers de marine et développa sa passion pour la mer et les bateaux. C'est ainsi qu'au fil des années, il rassembla et fit construire une collection hors du commun, qui aboutit, en 1993, grâce à l'aide de

S.A.S. le Prince Rainier III de Monaco, de l'Administration monégasque et à l'amitié de Son Excellence Monsieur Bernard Fautrier et de Monsieur Charles Ballerio, à la création du Musée Naval, véritable encyclopédie maritime. La caractéristique première du Musée Naval est, en effet, d'être un Musée International consacré à toutes les Marines, depuis l'époque antique jusqu'à nos jours. Les modèles, dont on peut apprécier la finesse d'exécution, ont été choisis pour présenter, de manière exhaustive, les différents types de navires et leur évolution technique au fil des siècles. Pour le plaisir des connaisseurs, des amateurs d'histoire maritime, mais aussi des néophytes, le Musée propose plusieurs niveaux de lecture, développant, à la fois les caractéristiques techniques et historiques des navires, ainsi que leur rôle dans les grandes étapes de l'évolution maritime et dans les grands chapitres de l'Histoire.

Tong Mc Cullogh connaissait bien l'histoire de la mer et, un instant, il en oublia presque pourquoi il était là tant il était fasciné parce qu'il avait sous les yeux. Cette visite le ramenait des années en arrière lorsqu'il parcourait les mers et océans en compagnie de son père. Tout jeune enfant, il avait déjà le pied marin et l'œil aiguisé pour scruter l'horizon.

C'est une tape sur l'épaule qui le sortit de sa torpeur. Il se retourna et vit un homme, la silhouette épaisse, un port de tête altier, un âge fort avancé lui adressant la parole. Tong l'interrompit d'un geste de la main et lui signa qu'il était sourd. Le visage de son interlocuteur s'illumina et il parut confus. Il savait, en effet, que Tong était sourd. Il lui sourit et sembla ne plus savoir que faire. Tong se dit alors que c'était à lui de « prendre la conversation en mains ». Pour des raisons évidentes de confidentialité Tong ne pouvait se permettre d'être accompagné d'un interprète. De toute façon, il y en avait si peu en France qu'il fallait bien souvent les retenir des semaines à l'avance, ce que Tong n'avait pu prévoir !

Tong sortit un large carnet de sa poche et un vieux crayon de bois qui avait fait son temps, mais auquel, on ne sait trop pourquoi, il tenait particulièrement. Il écrivit rapidement quelques mots, puis montra le calepin au vieux monsieur. Il avait écrit 3 mots : Tong Mc Cullogh, sourd. Il le reprit puis inscrivit deux autres mots : toi qui ? Il le tendit devant lui et eu une réponse claire et suffisamment bien articulée pour qu'il puisse la lire sur les lèvres : «Je m'appelle Henri De La Rigaudière et j'ai très bien connu votre père ».

Tong se souvint très bien de cet homme élégant et toujours très poli. Grand ami de son père, il ne l'avait pas revu depuis des années et ne l'aurait sans doute pas reconnu. La conversation se poursuivit par écrit, Tong ayant eu la chance de pouvoir faire des études, malgré sa différence, il pouvait aussi bien écrire en Anglais, en Français ou en Coréen, contrairement à une grande majorité de sourds en France où l'illettrisme régnait encore.

- « Pourquoi m'avez-vous demandé de venir vous voir ? » Demanda Henri De La Rigaudière.

- « Avant parler, moi merci vous rencontrer moi » précisa Tong.

Si Tong maîtrisait parfaitement le Français, il avait pour habitude d'écrire dans la syntaxe de sa langue, dans sa logique visuelle.

- « Moi informations sur événements passés début année 1948 dans petite ville Hué en Indochine recherche ».

- « Pourquoi pensez-vous que je puisse vous aider ? ».

- « Moi savoir là-bas vous avec père à moi être ».

Le vieux monsieur confirma d'un hochement de tête. Vice-consul de France, il restera en effet en poste en Indochine jusqu'à la fin de la guerre en 1954. C'est dans l'exercice de ses fonctions qu'il avait eu l'occasion de croiser la première fois le père de Tong, un peu avant la fin de la première guerre mondiale en 1943. Officier de l'armée de sa Majesté, Lord Fergus Mc Cullogh, en poste en Inde, sillonnait régulièrement cette région du globe en pleine effervescence.Une amitié sincère et durable était née.

Tong entra dans le vif du sujet et demanda à Henri s'il avait entendu parler durant sa carrière professionnelle de visites plus ou moins officielles de la reine d'Angleterre en Asie. Si la question sembla étrange à l'ancien diplomate français, il n'en laissa rien paraître et reconnu assez facilement qu'à l'époque, toutes les visites de la reine Élisabeth ne furent pas forcément officielles et consignées dans les registres de la couronne. Il savait de source sûre que sa majesté avait longtemps eu un pied à terre à Singapour et il paraîtrait que le Prince Philip lui-même en ignore l'existence !

Ce premier point allait dans le bon sens. Tong sentait l'excitation monter. On ne lui avait donc pas menti sur ce point. A partir de là, les choses sérieuses allaient pouvoir commencer. Cependant, comment questionner davantage le vieil ami de son père sans le laisser soupçonner quoi que soit …

C'est par des questions à priori banales et parfois maladroites qu'aucun auraient pu croire qu'elles étaient dues à une mauvaise maîtrise de l'écriture de la langue française que Tong poursuivit son interrogatoire amical. Les réponses reçues confirmèrent toutes ce que Tong savait déjà, mais le plus intéressant était que Tong pouvait enfin avoir la preuve que sa Majesté la Reine Élisabeth II d'Angleterre séjournait bien en Asie du Sud-Est à un moment précis du printemps 1948, l'ancien vice-consul français pouvant affirmé que chaque visite – officielle ou non – de diplomate ou personnage dignitaire en Indochine avait été consignée par écrit dans les registres de la République. Il ne lui restait plus qu'à contacter le ministère de l'intérieur ou des affaires étrangères afin de récupérer les traces écrites, ce qu'il ne manquerait pas de faire dés son retour à Paris.

Tong quitta le musée Naval le cœur léger. Il avait avancé. Il savait surtout qu'il pouvait continuer son enquête. Et il avait la conviction maintenant qu'il détenait LA vérité. Cette fin d'après-midi du mois de juillet, chaude et ensoleillée, lui permettait même de profiter un peu de ce coin paradisiaque et Tong, qui ne détestait pas jouer les touristes dés qu'il le pouvait, se mit à déambuler le long des vieilles ruelles du rocher pour remonter vers le palais de Monter Carlo. Là aussi, de vieux souvenirs remontaient à la surface … Son père lui tenant la main, sa mère gambadant comme une gamine à leur côté, émerveillée de découvrir cet endroit magique. Il est vrai que le gros écart d'âge entre son père et sa mère – et par conséquent entre son père et lui-même – ne l'avait jamais dérangé. Il s'en amusait même lorsque, aux grès de leurs visites, sa mère – eurasienne menue et minuscule – paraissait plus être sa sœur.

Le palais lui parut plus petit que dans ses souvenirs. Il n'avait cependant pourtant pas vraiment changé depuis ses 10 ans et sa dernière visite alors qu'il accompagnait son père, invité par Son Altesse Sérénissime le Prince Rainier III lors de l'une de ses dernières cérémonies officielles. Trop de souvenirs se bousculaient dans sa tête et Tong n'arrivait plus à se concentrer sur ce qui, à ses yeux, devrait occuper 100% de ses capacités intellectuelles. Il décida donc de re-gagner Nice et son hôtel.

Comme à l'accoutumée, la circulation était épouvantable sur la Côte d'Azur à cette époque de l'année et Tong mit un temps fou à retrouver les premiers faubourgs de la métropole niçoise. Son smartphone placé sur le siège passager à côté de lui vibra et Tong reconnut la photo d'Ann-Lou. Il ne put évidemment pas décrocher, mais il était heureux de cet appel, preuve que la jeune femme suivait de prés ce dossier et était désireuse de publier au plus vite cet article. Il la rappellera donc sitôt arrivé à l'hôtel. Tong sourit et se dit qu'il avait beaucoup de chance de vivre au XXIème siècle. Il se souvenait de ce temps pas si lointain où les sourds étaient coupés du monde et ne voyaient les télé-phones, même les premiers portables, que comme des objets de décoration. Maintenant, grâce au visiophone, il pouvait allégrement discuter et être joint à distance.

Il gara son véhicule dans le parking de l'hôtel et regagna la réception où il récupéra sa clef et vérifia s'il avait reçu des messages. Il appréciait ce confort des 4 étoiles où – même en France – tu pouvais te faire comprendre en signant. Comme il s'y attendait, il y avait un message de Ann-Lou Merkins. La jeune femme tenait visiblement vraiment à ce qu'il ait le message. Il en sourit d'aise …

Tong prit le temps de se raser et de prendre une douche avant de rappeler Ann-Lou. D'abord parce qu'il en ressentait le besoin, ensuite parce que cette attente lui laissait une agréable sensation dans la moelle épinière ...

Le visage de la jeune femme apparut immédiatement à l'écran. Elle savait pertinemment que lorsque c'est Tong qui l'appelait, il fallait qu'elle actionne immédiatement sa caméra. Son sourire illumina la chambre et le jeune homme mit quelques secondes avant de répondre au bonjour amical de la jeune femme. Ces quelques sondes passées, très vite le dialogue redevint professionnel et Ann-Lou – directe, comme souvent avec les langues signées – posa les questions qui lui brûlaient les doigts. Tong n'esquiva pas et lui répondit aussi directement qu'il le pouvait, tout en ménageant ses effets et en gardant la bonne nouvelle pour la fin.

Ann-Lou Merkins resta stupéfaite. Elle ne doutait pas des affirmations du jeune sourd, mais la révélation lui semblait si grosse qu'elle était persuadée que notre jeune ami échouerait dés les premières étapes de son enquête.

Il n'en était rien et il allait falloir maintenant aller de l'avant. Et rapidement ! Richard Wallace, le rédacteur en chef, le lui avait confirmé un peu plus tôt dans la journée, il fallait boucler ce dossier dans les meilleurs délais car, vraie ou fausse, une telle révélation ne resterait pas longtemps sous silence.

Devant l'imminence du scoop et du retentissement que celui-ci aurait, Ann-Lou proposa à Tong de se charger elle-même de contacter le ministère de l'intérieur français. De ce fait, celui-ci n'aurait plus qu'à faire une halte à Paris à son retour et à récupérer les copies certifiées conformes des documents demandés. Il sembla au jeune homme que c'était une bonne idée et en remercia vivement la collaboratrice de Tina Weaver.

Tong prolongea un peu la conversation en racontant ses souvenirs sur la côte et fit promettre à la jeune femme de ne pas manquer d'y venir un jour, après quoi il raccrocha et se concentra sur la prochaine étape.

Maintenant qu'il avait confirmation des dates et des lieux de séjour de la reine en Asie, il fallait absolument pouvoir vérifier les motifs de ces visites, essayer d'identifier les personnes rencontrées, tout au moins celles dont Tong soupçonnait l'existence. C'était la partie la plus fragile de son enquête, celle où il serait seul et sans aide, aucune démarche officielle ne pouvant être faite au nom du célèbre tabloïd anglais ! Tong connaissait la règle : il n'était pas salarié du journal et, au cas où les choses tourneraient mal, ses dirigeants jureraient au grand Dieu ne pas connaître Tong !

Pour mener à bien ses démarches, le jeune enquêteur décida de contacter son ancien professeur à l'université de Honk Kong dont la célèbre devise en latin est « Sapientia et Virtus », (cela veut dire « la sagesse et la vertu »). Cet homme au caractère bien trempé était connu pour ses recherches sur la période trouble qu'a vécu le continent asiatique à la fin de la seconde guerre mondiale, lors de sa profonde refonte. Il semblait donc à Tong naturel de s'adresser à lui et de lui demander de l'aider sous un faux prétexte, afin de ne pas attirer l'attention.

C'est donc par SMS, moyen de communication le plus répandu entre sourds, que Tong contacta le professeur Chan Lee. Il fut bref mais précis et demanda à celui-ci s'il pouvait échanger par mail. Il ne précisa pas le caractère urgent de sa demande, mais signifia à son interlocuteur qu'une réponse rapide l'obligerait.

Tong termina son repas et regagna immédiatement sa chambre. Il essaya de tuer le temps devant la télévision, mais le peu de programmes proposés aux sourds en France l'en dissuada. Il ouvrit donc un roman de son auteure préférée : Marlène Loup Dit Athian. C'est en fin de soirée que la réponse lui parvint. Un rdv mail lui fut proposer à 08:30 le lendemain matin, heure de Hong Kong, soit 02:30 du matin, heure de Paris. Il n'avait plus très longtemps à attendre et c'est avec grand enthousiasme qu'il accepta après avoir rappelé son adresse mail au professeur.

Ce qui avait toujours étonné Tong, c'est que contrairement à la grande majorité des Chinois, le professeur Chan Lee était très ponctuel. C'est à très exactement 02:31 du matin que le mail arriva. Plutôt direct pour un asiatique, le professeur signifiait à Tong qu'il se tenait à sa disposition. Celui-ci lui répondit tout d'abord par quelques formules de politesse bien appuyées car si le professeur avait été direct, il n'en restait pas moins chinois …

Les échanges de bon procédés étant accomplis, Tong expliqua de façon la plus claire possible ce qu'il attendait de son interlocuteur. Là aussi, il s'agissait d'en dire suffisamment pour être précis, mais pas trop pour ne pas éveiller la curiosité malsaine de Chan Lee. Néanmoins, Tong prit le parti de jouer cartes sur table en prétextant l'écriture d'un mémoire sur la fin de la colonisation britannique en Inde. Ceci ne parut pas surprendre le moins du monde le professeur qui connaissait l'intérêt de Tong pour la culture de ses deux pays et trouva la mission fort à son goût. Il promit d'envoyer les premiers résultats de son travail dans la journée même et allait mettre à profit ses premiers rendez-vous de la journée pour commencer son enquête.

Le professeur Chan Lee était connu pour être bien intégré auprès des autorités de Hong Kong malgré le rôle important qu'il jouait au parti communiste chinois. Ce serait forcément l'homme de la situation !

Tong décida de reprendre l'avion pour Paris aujourd'hui même. Sa mission se poursuivrait aussi bien là-bas et, de plus, il pourrait passer place Beauvau récupérer les documents que tenait à sa disposition le ministère de l'intérieur français, la confirmation lui ayant été faite par Ann-Lou.

Paris, 18:30. La température est nettement plus fraîche que dans le sud de la France. Le soleil bien moins présent également. Un temps parisien comme diront certains … Mais Tong n'en a que faire, il ne vient pas visiter la ville, mais mener à bien les éclaircissements d'un mystère qui le travaille depuis plusieurs semaines !

Il devra néanmoins attendre le lendemain matin pour reprendre ses investigations.

Après une bonne nuit de sommeil à l'hôtel de la place du Louvres, 21 Rue des Prêtres Saint-Germain l'Auxerrois, à deux pas du musée du même nom, Tong se sentait prêt à soulever des montagnes.

Il passa donc place Beauvau afin de récupérer les documents promis, mais fut surpris par l'agitation qui y régnait : presse et badauds se pressaient pour essayer de guetter les moindres mouvements à l'entrée du ministère. Après s'être renseigné, il apprit que le ministre de l'intérieur en poste, Gérard Collomb, avait présenté sa démission le jour même – avec insistance – et qu'elle avait fini par être acceptée. C'est donc un ministère en plaine effervescence, pour ne pas dire en pleine confusion qui lui faisait face et chacun tentait, au fil des entrées et sorties des visiteurs, de deviner le nouveau 3ème homme de l'exécutif français !

Tong gagna directement le sous-sol et le secrétariat des archives nationales et expliqua par écrit sa requête à l'officier d'état civil de permanence. Il du patienter prés d'une heure avant que les vérifications officielles puissent être faites et qu'on lui remettent les fameux documents estampillés République Française. Ne se laissant pas emportés par sa frustration et sa colère de ne pouvoir s'exprimer plus clairement face à ces rouages de la lourde administration, il préféra savourer la joie d'être en possession des premières preuves demandées.

Cette avancée considérable verrouillée, il pouvait maintenant envisager sereinement la suite. Et la suite n'était pas en France ...

Le jeune sourd en était là de ses réflexions lorsqu'il reçu un mail du professeur Chan Lee sur son smartphone. Ce dernier l'informait qu'un de ses contacts l'avait mis en relation avec une personne qui lui avait fixé un rdv où il aurait des révélations importantes à lui faire au sujet de la couronne britannique ! La lecture de ce mail fit bouillir le sang de Tong. Il ne tenait plus en place. Il décida de prendre l'avion pour Hong Kong et d'aller au cœur de l'action. Il avancerait plus vite.

Il prit soin avant d'embarquer de faire un jeu de photocopies des précieux documents et de les scanner, puis de les faire livrer par transporteur express au siège parisien du tabloïd anglais afin qu'ils puissent être acheminés sur Londres en interne.

C'est à 23:25 que Tong décolla de l'aéroport Paris – Charles De Gaulle. Il était contrarié car il n'avait pas reçu d'autres nouvelles de son professeur et se demandait pourquoi il ne lui avait pas fait un compte rendu de son rdv.

44

Hong Kong. 18:35. En plein mois de juillet. 31°. Rien n'a changé … Tong se retrouve projeté quelques semaines en arrière. Avant son départ pour Londres. Avant … Dans sa vie d'avant … Mais sans sa vie d'avant … Son père et sa mère ne sont plus là. Wai, sa petite amie, non plus … Le cri que pousse Tong à ce moment-là ne ressemble à aucun autre cri. C'est une voix un peu robotique et cassée qui exprime toute la souffrance d'un être que la vie a bousculé … Le policier en faction aux contrôles d'arrivées s'en souviendra sans doute longtemps, surpris qu'il fut, lorsqu'il demanda à Tong si tout allait bien, de recevoir pour toute réponse – et par geste – je suis sourd.

Toute formalité accomplie et bagages récupérés, Tong regagna Victoria Peak, son ancien quartier, à deux pas de l'université. Il y avait ses habitudes somme toute, et puis ce serait plus facile pour prendre contact avec le Professeur Chan Lee.

C'est dans le taxi qui le menait vers sa destination que tong apprit la nouvelle à la radio. Un imminent membre du parti, professeur à l'université avait été retrouvé le matin même, sans vie, dans son lit. La police locale avait conclu à une mort par overdose tant les indices concordant étaient évidents !

Le sang de Tong ne fit qu'un tour. Il savait pertinemment qu'il ne pouvait s'agir d'une coïncidence : le professeur Chan Lee avait donc été assassiné. Cette nouvelle l'attrista au plus profond de son être, mais lui certifia en même temps qu'il avait mis le doigt sur quelque chose d'énorme ! Tong était certain qu'ILS n'auraient pas tué le professeur s'il s'était trompé sur ses affirmations.

Tong se fit déposer au Peaks Palace Hotel, puis, après avoir pris une chambre et déposé ses bagages, se rendit à pieds, à l'université. Il allait lui falloir impérativement retrouvé ce contact dont le professeur lui a parlé dans son dernier SMS. Mais Tong n'avait aucune idée de la façon dont il allait s'y prendre.

Il avait eu raison de décider de retourner le plus rapidement possible sur les lieux de son passé, ça lui permettait de retrouver ses repères. Quelques heures à peine après avoir retrouver Hong Kong, il n'avait pas l'impression d'en être parti. Rien n'avait changé d'ailleurs ... Ce qui n'était pas étonnant, il n'était parti que depuis quelques jours finalement, à peine plus d'une semaine.

Tout en faisant le tour de ce qui était encore son univers familier il y a quelques mois, avant l'obtention de son diplôme, il réfléchissait aux solutions possibles ...

C'est le destin qui l'épaula cette fois-ci.

La nuit fut forcément agitée et n'effaça pas les traces laissées par ce long voyage en avion. Mais Tong ne pouvait en tenir compte et devait agir rapidement.

Il était à peine plus de 08:00 lorsqu'il poussa à nouveau le portillon de l'université. Il voulait rencontrer le doyen et vérifier si le professeur Chan Lee n'avait pas laissé un message à son attention. C'est un homme marqué qui reçu Tong. Le plaisir réel qu'il avait à revoir le jeune homme après la réussite de ses études n'arrivait pas à masquer la douleur subie par la mort d'un de ses professeurs. La poignée de mains à l'européenne était chaleureuse, tout autant que la courbette orientale et le salut en langue des signes, mais le regard restait froid et sa communication saccadée. Lui qui avait étonné Tong d'avoir appris si rapidement la langue signée – et il en avait fait un point d'honneur – ne parvenait plus qu'à ânonner quelques gestes confus et désordonnés.

La rencontre fut brève, comme écourtée par son hôte et Tong compris que le doyen ne voulait surtout pas se mêler d'une affaire que la police avait qualifiée de trouble et nauséabonde. Tong prit poliment congé tout en demandant la permission de faire un tour des lieux, pour renouer avec le passé …

En fait, il espérait qu'en repassant sur les traces du professeur, il puisse trouvé

quelque indice l'orientant vers une piste sal-
vatrice.

Et il a eu raison. C'est en s'approchant
du bâtiment où officiait le professeur que
Tong aperçu Kuan-Yin, l'épouse du professeur. Elle eut un pâle sourire en reconnais-
sant Tong, elle le savait proche de son mari
et sa rencontre semblait la réconforter
quelque peu ...

Mais très vite, son visage devint sombre
et elle demanda à Tong s'ils pouvait se retrouver dans une heure, un peu avant midi,
au restaurant habituel de son époux.

Le jeune homme était vraiment très intri-
gué. Il sentait que ce n'était pas une invita-
tion de politesse : Kuan-Yin avait quelque
chose à lui dire qu'elle ne voulait pas dire ici !

Tong arriva au Bubba Gump, le restaurant en vogue dans le quartier, un peu après
11:30. Il ne voulait surtout pas faire attendre
Kuan-Yin. Et il était vraiment pressé de savoir ce que la jeune femme avait à lui dire de
si important. Il était certain que c'était lié à la
mort de son mari, donc à son enquête en
cours.

Il n'eut pas très longtemps à attendre. La
femme du professeur fit son apparition vers
11:40 et ils pénétrèrent ensemble dans le
restaurant déjà bondé. Mais, habituée de ces
endroits et de leurs habitudes – on dîne et on
déjeune très tôt en Chine et à Hong Kong –

Kuan-Yin avait pris soin de réserver une table pour deux.

Elle semblait plus naturelle et plus détendue que plus tôt dans la matinée et seule la douleur marquait son visage sombre. Malgré sa peine, elle avait un réel plaisir à revoir le jeune homme. Tong savait qu'il devait attendre que la jeune femme aborde elle-même le sujet. La politesse chinoise lui interdisait de la brusquer, il n'en avait d'ailleurs pas la moindre envie même s'il était impatient de savoir. De plus, la communication était plus longue entre eux, Kuan-Yin ne signant pas vraiment, elle n'utilisait que quelques mimes et c'est à l'aide du mouvement de ses lèvres que Tong arrivait à suivre ses propos.

Elle en était consciente du reste et son visage s'assombrit encore davantage quand elle aborda enfin le sujet tant attendu. Elle prit soin de parler lentement, de façon la plus claire possible, sans exagérer son articulation et, surtout, en prenant soin de ne pas mettre d'obstacles entre sa bouche et les yeux de Tong.

— « Tong, je sais que vous aviez demandé de l'aide à mon mari. Je sais aussi qu'il vous appréciait beaucoup. Le jour de sa mort, il avait rendez-vous avec l'un de ses contacts au parti. Je pense que c'est ce qui a causé sa mort. Mais je ne sais pas pourquoi. Ce que je sais toutefois, c'est qu'il se sentait en danger. Il m'a remis ceci pour vous, au cas où il lui arriverait quelque chose. »

Elle parut épuisée par sa longue diatribe. Elle remis au jeune homme une grande enveloppe marron, froissée, mais solidement cachetée et sécurisée avec son sceau de professeur de l'université. Tong avait donc la garantie qu'elle n'avait pas été ouverte depuis. Il remercia chaleureusement la jeune femme, puis la réconforta du mieux qu'il pouvait de ses mines précis et à l'aide de son carnet et de son vieux crayon de bois. Il eut également quelques mots pour la fille du professeur, issue d'un premier mariage et cependant proche de la jeune femme. Tong était sincèrement navré d'avoir entraîné le professeur Chan Lee dans cette mauvaise aventure et resterait toujours, quelque part, avec cette mort sur la conscience …

Le repas terminé, ils se séparèrent et Tong regarda s'éloigner la frêle silhouette. Il souhaitait vivement qu'elle puisse se remettre de cette lourde épreuve.

Son smartphone marquait 14:46 lorsque le visage d'Ann-Lou effaça l'écran de veille. Il n'avait pas encore eu le temps d'ouvrir l'enveloppe et d'analyser son contenu, il décida donc de ne pas en informer la jeune femme. Toujours aussi chaleureuse, la journaliste l'informa que son courrier interne lui était bien parvenu de son agence de Paris et que le contenu était conforme aux dires de Tong : il garantissait plusieurs séjours de la reine en Asie du Sud-Est tout au long des années 1947, 1948 & 1949. La France le garantissait officiellement.

Tong doucha son enthousiasme en lui apprenant la mort de son professeur et ami. Un mélange de tristesse, d'inquiétude et de joie également apparut sur le visage d'Ann-Lou. Si elle était réellement triste d'apprendre la nouvelle, elle était inquiète pour la vie de Tong, certaine que « ceux qui ont fait ça » n'hésiteraient pas à s'en prendre à lui si c'était nécessaire, mais ravie de sentir que cette affaire prenait une tournure qui allait dans le sens des affirmations du jeune homme.

Le choc passé et les recommandations de prudence faites, elle demanda au jeune sourd ce qu'il comptait faire maintenant. Celui-ci avait décidé de rester vague et ne précisa donc pas vraiment sa pensée, préférant lui répondre qu'il allait « essayer de remonter la filière de feu le professeur ». La jeune femme parut s'en contenter. Il raccrocha sans chercher à prolonger l'échange sur des sujets plus personnels, comme il aimait à le faire d'habitude …

Il avait en effet d'autres occupations en tête. Il était grand temps maintenant qu'il ouvre cette enveloppe et qu'il en explore son contenu. Il était certain que celui-ci lui permettrait d'avancer. Le professeur n'aurait pas pris ces précautions pour rien …

Le contenu le surprit par sa sobriété. L'enveloppe était épaisse, mais elle était rembourrée en fait et, seuls, quelques feuillets composaient son contenu. A la première lecture rapide des trois documents étalés sous ses yeux, Tong su que le professeur Chan Lee n'était pas mort pour rien. Son nom resterait à jamais gravé dans l'histoire du royaume Uni comme étant celui de l'homme qui a découvert LA vérité !

Trois pages au format A4. C'est tout ce qu'il fallait pour faire basculer tout un royaume ! Tong n'en revenait pas. Comment un tel secret avait pu rester enfoui aussi longtemps ? Cela faisait plus de soixante ans que ceux – les très rares personnes – qui savaient faisaient comme si elles ne savaient pas.

Trois pages : un certificat de naissance, un certificat d'adoption et une lettre manuscrite … Les documents paraissent originaux … ou tout au moins certifiés conformes de l'époque, le sceau de la province de Karnataka et de celui de la couronne d'Angleterre étant bien présent sur chacun des feuillets.

Tong se dit qu'il fallait maintenant regagner Londres de toute urgence. Sans parler à quiconque de ces documents. Pas même à Ann-Lou. D'abord pour garantir la sécurité de chacun. Ensuite, pour pouvoir – comme cela a été fait avec les documents français – permettre aux équipes d'experts du Daily Mirror d'authentifier les feuillets.

58

Tong venait d'atterrir à l'aéroport d'Heathrow pour la seconde fois en moins de quinze jours. Malgré l'heure très matinale — son avion s'était posé à exactement 04:45 — il décida, après avoir satisfait aux habituelles formalités et récupérer ses bagages et de regagner directement le cœur de Londres. Il aurait ainsi le temps de faire un saut chez lui pour prendre une douche et se changer.

C'est peu avant 09:00 que Tong demanda à parler à Ann-Lou Merkins, au siège du Daily Mirror. Cette fois-ci, la jeune femme ne le fit pas attendre. Elle arriva moins de cinq minutes après que le jeune homme se soit fait annoncé.

Elle fut tout d'abord étonnée de le voir sur Londres, alors qu'elle l'avait eu en visiophone la veille et qu'il ne lui avait pas annoncé son retour. On sentait bien un « ton de reproche » dans ses expressions faciale et corporelle. Mais, au final, ce qui l'emportait, c'était ce sentiment de joie de le savoir en sécurité. Enfin, se vit la déception … si le jeune homme était là, c'est qu'il avait échoué dans son enquête et qu'il fallait refermer le dossier à jamais.

Ann-Lou salua très amicalement Tong et lui fit part de sa joie de le voir de retour et en sécurité. Le jeune homme la savait sincère, mais il savait également qu'elle était déçue. Il ménagea quelques instants ses effets, puis décida de ne pas la faire attendre davantage et, après lui avoir raconté ses visites à l'université et sa rencontre avec Kuan-Yin, l'épouse du professeur Chan Lee, il mit l'enveloppe sur son bureau.

Qu'est ce que c'est ? Ne put s'empêcher de prononcer Ann-Lou avant de reformuler sa question par signes. Tong lui fit signe d'ouvrir l'enveloppe et de regarder.

Ce qu'elle fit sur le champs. Si l'expression faciale était prépondérante dans la langue des signes, Ann-Lou n'avait pas à se forcer pour marquer sa stupeur ! Elle eut besoin de relire par trois fois chacun des feuillets étalés sous ses yeux avant de laisser échapper sa joie dans une sorte de huron de charretier, fort surprenant dans la bouche de la jeune femme.

Enfin, tout émotion bue, elle reprit le dessus et convoque immédiatement les experts nécessaires à l'authentification des documents. Tong savait que maintenant, il ne maîtrisait plus rien et que le dossier prenait une autre dimension. Tout ceci allait se régler dans les étages supérieurs et ce serait les actionnaires eux-mêmes qui prendraient décision.

Publie ... Publie pas ... Ann-Lou et Tong ne sont plus que des spectateurs de leur propre aventure.

C'est le surlendemain, jeudi 23 juillet 2020 que le monde entier pu découvrir, à la une du tabloïd britannique et en gros titre :

Élisabeth II n'est plus Reine d'Angleterre !! C'est à 00:23, heure de Buckingham Palace que la Reine a abdiqué en faveur de son fils, le prince Charles, prince de Galles, né le 14 novembre 1948 à Londres, fils aîné de la reine Élisabeth II et du prince Philip, duc d'Édimbourg.

C'est donc dans les hautes sphères que c'est décidé l'avenir de la couronne. Et personne ne saura jamais pourquoi une telle décision a été prise … Ann-Lou et Tong ne publieront jamais leur article, mais ont gagné leurs galons de journalistes d'investigation.

Tong, désormais tourné vers sa nouvelle vie britannique, est heureux de pouvoir collaborer à long terme avec Ann-Lou. Quant à la jeune femme, elle sait désormais qu'il faudra compter avec Deaf Tong ...

Éditeur : BoD-Books on Demand, 12/14 rond point
des Champs Élysées, 75008 Paris, France
Impression : BoD-Books on Demand, Norderstedt, Allemagne

ISBN : 9782322164271
Dépôt légal : octobre 2018